En couverture, un motif de balcon du Salento

Martina Franca - Pouilles

Ce livre a été corrigé avec le logiciel Le Robert Correcteur avant sa publication. C'est un gage de qualité pour votre plus grand plaisir de lecture

Nouvelles et autres jeux d'écriture

Nouvelles et autres jeux d'écriture

Haïku argentin

Groupe « Un temps pour soi ». Atelier d'écriture animé par Emmanuelle chaque mardi. Consigne : produire un haïku autour du mot « écriture ».

Il h**è**le de si loin !

Un **cri**, fracas d'une bourrasque

Tu réponds au vent

- - - § - - -

Nouvelles et autres travaux d'écriture

© 2021, Philippe MALGRAT
Édition : BoD – Books on Demand,
12/14 rond-point des Champs-Élysées, 75008 Paris
Impression : BoD - Books on Demand, Norderstedt, Allemagne
ISBN : 9782322401215
Dépôt légal : Novembre 2021

A propos d'un banquet familial dans un trabucco…

On mange dans le Sud avec une sorte de frénésie et d'avidité goinfre. Tant qu'on peut. Comme si le pire était à venir. Comme si s'était la dernière fois qu'on mangeait. Il faut manger tant que la nourriture est là. C'est une sorte d'instinct panique. Et tant pis si on s'en rend malade. Il faut manger avec joie et exagération.

Laurent Gaudé – Le soleil des Scorta

Nouvelles et autres jeux d'écriture

Conseils pour écrire

Groupe « Un temps pour soi ». La consigne consiste à énumérer deux cent conseils pour écrire, sous une forme libre. Il n'y en a ici qu'une trentaine.

Dans un confortable fauteuil, l'inspiration se révélera

Le chat lové sur vos jambes, le calepin ouvert sur une page blanche

La vue attirée par la lumière du jour naissant

Où le soleil s'exerce à faire surgir les couleurs chaudes

De la ville qui s'éveille et s'étire. Cela s'entend !

La nuit vous a révélé le sujet, reste à l'esquisser sans plus attendre. Lancez-vous !

L'écriture c'est comme la marche : les premiers mots comme les premiers pas vous guideront pour trouver le rythme, la direction. Les pensées et les souvenirs surgissent et se rassemblent. Pas étonnant que marcher aide à écrire !

Vient alors le fil conducteur, les idées s'articulent comme les marques du sentier qui jalonnent votre progression.

Vous êtes à peine levé que vous en avez déjà produit une page et la suite vient facilement.

Écrire déclenche la main qui veut s'émanciper de la pensée. Elle écrit, elle écrit dans une course folle. Laissez-la aller. Elle s'arrêtera toute seule pour reprendre son souffle.

Puis, c'est affaire de rimes parfois. Elles constituent la musique du texte, la diction des syllabes facilite la lecture.

Pour le fond, l'insolite, les détails : comme une verrue mal placée, la couleur d'une chemise qui sied mal au teint, un tic qui trahit un trait de caractère qu'une lisse carapace a du mal à cacher. Il faut que ça sonne vrai !

Les méandres des sentiments échangés lors de rencontres improbables vont mener inexorablement à la chute qu'il vous appartient de bâtir sans avarice d'humour et de provocation. L'incongru est de mise. Votre lecteur s'en délectera.

C'est par la fin qu'il faut commencer à l'image de cette feuille de papier que vous venez de détacher et que vous roulez sur elle-même. Les lignes que vous venez d'écrire se juxtaposent au hasard. Elles trouvent leur propre séquencement. La disjonction et l'absurde qui en résultent, cela se retient !

Exercices de style

Groupe « Un temps pour soi ». Ecrire selon différents styles imposés, en s'inspirant d'un texte de Raymond Queneau. La berceuse a par la suite été mise en musique et chantée par Jeff.

Dans la salle à manger de notre appartement, comme à notre habitude, nous partageons le petit-déjeuner en famille un dimanche matin ensoleillé. Ma mère boit son café en écoutant la radio, tandis que mon frère et mon père discutent de politique. Moi, je mange une tartine au beurre. Plus tard, dans l'après-midi, alors que je promène mon chien je tombe nez-à-nez avec madame Dupont notre voisine qui me raconte cette histoire : en passant par le square près de la mairie, elle a vu un chat qui essayait d'attraper un oiseau posé au bord d'un bassin ; le chat a sauté, mais l'oiseau s'est envolé ; alors le chat est tombé à l'eau. Cette histoire m'a beaucoup fait rigoler.

Façon journal intime :

Dans ce salon où ma grand-mère me racontait toutes ses confidences sur sa première nuit d'amour, nous partageâmes un petit-déjeuner avec ma mère, mon père et ma sœur Claire, avec laquelle nous étions si complices. Ce jour-là nous étions fâchées à propos d'un garçon pour lequel nous partagions des sentiments, alors que dans ces moments matinaux privilégiés, mon frère, en dehors de tout, avait l'habitude de parler politique avec mon père. Un sujet qui provoquait des œillades complices avec Claire, tant ces échanges évoquaient des travers de notre amoureux commun, qui nous exaspéraient. Après avoir fini ma tartine, je me portais volontaire pour aller promener Pompon, le chien et rencontrais par hasard, Madame Dupont, la voisine, assise sur un banc à rire toute seule.

Avec Claire qui m'avait emboîté le pas, nous nous assîmes à ses côtés en observant de concert ce chat plonger dans l'eau de la fontaine alors qu'il essayait d'attraper un oiseau.

— Tu te souviens de celle-là, lui dis-je en lui donnant un coup de coude,

— Quand notre chat fit le tour de la baignoire et que tu l'as éclaboussé ?

— Dans un sursaut il plongea dans le bain

— Je me souviens de sa frimousse couverte de mousse et de son poil collé au corps. Il était aussi pitoyable qu'un clochard.

Rétrograde

L'histoire sur déroule à l'inverse du texte original.

Nous avons beaucoup ri en voyant émerger cette boule de poils squelettique s'agripper à la margelle de la fontaine.

Ce chat avait guetté depuis un quart d'heure ce merle qui se délectait de l'eau fraîche crachée par ce faune, dont nous avions été complices pour son acquisition.

Il avait été déniché par mon père et mon frère, dans une brocante, alors qu'ils se disputaient à propos de politique. La banalité des arguments, l'épuisement du pour et du contre furent vaincus par l'apparence gracieuse et humoristique de cette figure. La conjoncture fut vite oubliée au profit de cette fulgurance commune : installer ce faune en place publique, sur la fontaine.

C'est au petit-déjeuner entre deux tartines beurrées qu'ils demandèrent d'interrompre la radio pour raconter leur achat complice en soulevant le torchon qui le masquait…

Gustatif

Le dimanche matin nous nous réunissons pour un petit-déjeuner pantagruélique alors que ma grand-mère allume religieusement le poste, pour ne pas manquer son émission culte « on va déguster » de François Régis Gaudry.

Mon père et mon frère, pas dans le sujet, entament alors une discussion politique.

Ma grand-mère les arrête en leur demandant s'ils n'ont rien de mieux à faire alors que nous sommes en plein sermon gastronomique. François Régis nous relate la recette des palombes farcies aux pruneaux.

J'entame une tartine au beurre demi-sel, celui de Guérande, que je n'ai pas le temps de finir alors que grand-mère étale sur une planche les volatiles à plumer, à vider et à farcir. Le chat, déjà assis sur la table se pourlèche.

Les politiciens en sont quittes pour dénoyauter, préparer la farce et sortir du placard, la cocotte idoine dans laquelle va mijoter le gibier.

Je me dirige vers l'évier, cette pierre creusée, immense, dans laquelle je vide les volailles. Les abats et les tripes extraites me soulèvent le cœur ; je rince à grande eau.

Toute cette mission écœurante pour un petit-déjeuner dominical qui n'est pas sans intérêt pour Gugusse qui parcourt laborieusement le tour de l'évier, tentant par un coup de patte opportuniste de récupérer quelques tripes odorantes.

Il glisse dans la vasque et ressort trempé avec une couronne de boyaux entre ses oreilles.

Façon berceuse

Ma fille chérie lève-toi vite,

Le soleil darde ses rayons,

Tartines t'attendent, et tout s'agite

Vient prendre ici ton lait fumant.

N'écoute pas ton père, ton frère,

De politique ils échangent et s'affairent,

Dis-moi plutôt à quoi tu songes,

Quel rêve quelle envie en toi se prolonge ?

Ma fille chérie lève-toi vite,

Le soleil darde ses rayons,

Tartines t'attendent, et tout s'agite

Vient prendre ici ton lait fumant.

Alors que je promène mon chien Fidèle,

Madame Dupont sur un banc me hèle,

Vient ma petite j'ai une histoire,

De gaucherie, tu ne vas pas me croire.

Ma fille chérie lève-toi vite,

Le soleil darde ses rayons,

Tartines t'attendent, et tout s'agite

Vient prendre ici ton lait fumant.

À la fontaine un chat lapant,

Guettait ce merle impertinent,

C'est près de l'eau qu'il le narguait,

De son chant tout émoustillant

Ma fille chérie lève-toi vite,

Le soleil darde ses rayons,

Tartines t'attendent, et tout s'agite

Vient prendre ici ton lait fumant.

Le chat agile et impatient,
Saisir cette proie, il en rêva,
La distance du bond s'appréciant,
Mais c'est dans l'eau qu'il plongea.

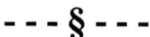

Le muret en pierre sèche

Nouvelle autobiographique de 6000 caractères que je dédie à Michel

Il paraît que l'homme de l'art reconnaît la patte de celui qui l'a réalisé. Voilà le moment de contempler notre œuvre. Ses veines, ses pleins et ses déliés minéraux ne sont pas sans rappeler les lignes de la main qui s'entrecroisent.

À mieux y regarder, ils ressemblent aux rides et aux taches de vieillesse des mains calleuses, des paysans âgés. En y prêtant attention, je discerne le souci esthétique de Michel, fruit de son travail méticuleux, s'attachant à dresser une face plane, parfaitement verticale, en minimisant les creux et les aspérités. Moi, ce qui me préoccupait, c'était la recherche de la stabilité. On y distingue ainsi deux personnalités. Elles sont visibles ! Maintenant, comme avant, tout est simple : des pierres collectées et triées, assemblées avec une grande frugalité de moyens, une économie de temps et de ressources. Une élaboration collective dont la pratique ancestrale jalonne les chemins et dont les faces visibles s'exhibent encore fièrement, telles des sculptures. Les restanques, les vestiges minéraux de la garrigue en témoignent. Depuis longtemps, l'homme s'est arrangé avec la nature, au départ hostile, pour la dompter. Qu'ils soient formés de dalles, de pavés, de pierres de formes anarchiques, peu importe, tant l'appétit des hommes à tout ordonner, s'en accommode. L'instinct ici prime sur la technique.

L'idée m'est venue il y a un an de réaliser un muret dans le jardin, sans qu'il réponde à un besoin précis. Michel venait de perdre son compagnon, disparu soudainement, terrassé par une maladie qui ne leur laissa aucun répit. Un vide, une injustice planait chez mon voisin, dont le chagrin fut au départ détourné par les nécessités matérielles. Mais insensiblement, le deuil prenait le dessus et la peine de Michel allait s'alourdissant. L'absence était même de plus en plus obsédante. Aussi, après quelques mois, je lui parlai de ma lubie et de mon intention de la réaliser cet hiver. L'hiver, saison des plus cruelles où la solitude est prégnante. Je sus avant de finir ma phrase qu'il voulait en faire partie. Faire un muret ce doit être long, prenant. Une évasion salvatrice ! Et puis Michel et son compagnon aimaient réaliser ensemble des travaux conséquents. Mon projet lui rappellerait sans doute ces bons moments, où l'esprit s'évade de longues minutes pour se consacrer pleinement à la tâche. Les consignes sont simples. Elles laissent l'esprit vagabonder, un peu comme en randonnée pédestre.

Avant d'élaborer quoi que ce soit, il fallut trouver les pierres et décider de la technique d'assemblage. J'écartai d'emblée le ciment. Ce liant a pour moi une connotation plutôt négative. Ne sert-il pas à ériger le mur qui délimite une propriété, l'enserre pour la soustraire au regard d'autrui et constituer une défense, alors que son absence au contraire participe d'une tradition pastorale millénaire ? Le muret en pierre sèche embellit le paysage alors que le mur enferme. Le ciment sans les pierres c'est le mur de Berlin, la frontière d'avec le Mexique.

La réalité se rappela à nous. Où trouver les pierres ? Lesquelles choisir ? Les belles dalles ambrées, régulières, de la carrière de Vers ou les pavés erratiques du village, récupérés d'une démolition ? Nous nous sommes aperçus que les façades et remparts de chaque site médiéval revêtent leurs propres couleurs. À Pouzilhac, les murs du château et des vieilles maisons du centre historique sont blanc crème maculés de touches de couleur rouille, telles des taches de rousseur, de ces pierres très dures provenant du filon ferreux de La Capelle. On s'approvisionnera donc en local. Circuit court comme on dit.

L'image poétique s'effaça d'emblée devant la nécessité. Lever sept heures, chaussures de sécurité, solides gants de cuir pour faire le tri à la fraîche et crapahuter sur le tas énorme, charrier ces blocs et les charger dans la remorque. Allers-venues, déchargements, combien cette fois-ci ? Sept cents kilos ! On tient le rythme.

Puis vient le moment tant attendu. On se lance ! Ni Michel, ni moi n'en avions l'expérience. Les premières pierres de la base s'alignent, guidées par le cordeau. Pour les angles et les terminaisons, c'est plus difficile. Il faut revenir sur son ouvrage et ne pas hésiter à recommencer. C'est en empilant la deuxième rangée que l'on se rend compte du fragile équilibre de l'assemblage. Il est nécessaire de remplir l'espace vide intérieur afin de caler et stabiliser. Il nous faut du tout-venant ! Et l'on repart charger la « brouette ». Les journées de dix heures se suivent et s'accumulent. Nos articulations et nos muscles endoloris, non habitués à ce travail de forçat nous le rappellent, tout comme les courbatures du matin. Les tâches s'espacent. Le muret s'élève néanmoins, sans mots prononcés entre nous, tant les gestes répétitifs résultent de l'évidence. Déjà quatre rangées, soixante centimètres, cela nous encourage. On en perçoit la fin alors que l'intention au départ se limitait à l'essai. Il est maintenant massif. Les feuilles ne sont pas encore là et avec les fleurs du prunier, on ne voit que lui. On se garde de le monter trop haut. On le termine avec des pierres plates et du gravier que l'on saupoudre par-dessus, pour combler les creux. Ah, ce gravier qui s'échappe par les interstices ! La finition, c'est encore le domaine de Michel. Il n'hésite pas à reprendre, dans un souci de perfection. Mais c'est vrai que le résultat est bluffant ! Le voisin nous demande en admirant le coin du muret parfaitement d'équerre. « Oui, j'ai vu qu'il y avait du mouvement chez vous. Vous avez fait appel à quel maçon ? »

 Une fois l'ouvrage terminé, que représente cette semaine d'activité physique, dans la tête de Michel ? A-t-elle éloigné sa peine, le temps de ce moment fugace ? À la fois pérenne et dérisoire, un muret en pierre sèche n'est-il pas qu'un tas de pierres déplacées et bien arrangées ? Plutôt l'exemple d'une démarche écologique, une réalisation très simple, fruit d'un travail à plusieurs et comme toute création manuelle, une œuvre artistique et sensible, bienfaisante pour l'esprit.

Poème

Groupe « Un temps pour soi ». Lipogramme de dix vers sans la lettre « u ». Il est autobiographique. Une maison de pierre dans les Pouilles s'appelle un trullo, que je n'ai pas pu insérer dans le poème.

Daniele vivait sa métamorphose,

Sa devise : Podere Papilio,

Dans cette maison de pierre, borie comme ressemblance,

Il invitait à vivre son credo,

La passion des papillons.

Il y en avait tant et tant, voletant de frises en photos,

Ornant notre chambre, comme la tablée matinale,

Un personnage passionnant et attachant,

La joie de l'avoir rencontré

Resta dans nos pensées.

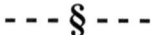

Acajou

Groupe « Un temps pour soi ». La consigne consiste à imaginer un texte autour d'une couleur, selon un poème de Pierre Mabelle.

Nestor est un hamster fureteur et constamment actif

Dont l'aspiration est de remplir ses bajoues

Graines, reliefs laissés sur la table, intentionnels

Ou miettes abandonnées, tout le satisfait.

Ce minuscule animal animé, si frénétique

Et si expressif, au pelage blanc et acajou

Comme les noix de cajou qu'il gobe goulûment.

Il les comprime avec tant d'application

Dans ses sacs à provisions

Ses bajoues rebondies qu'il transporte

Avec célérité, les vibrisses agitées

Dans un recoin préféré, un antre légendaire.

- - - § - - -

Contrepèteries mêlées

Groupe « Un temps pour soi ». La consigne consiste à écrire un texte farfelu à base de deux contrepèteries.

Un petit mot sur la porte

Un sens pour toi ?

Le temps d'un petit mot pour soi

Le sens du mot pour toi

Le temps d'être morte par la petite porte

Pas de pot d'être morte !

Un petit pot sur la morte

Un temps pour soi

--- § ---

Nouvelles et autres jeux d'écriture

Monologue intérieur

Groupe « Un temps pour soi ». Inventer un monologue intérieur à partir d'une scène de film.

Pourquoi il ne m'en a pas parlé avant ?

Il me dit ça comme ça. Nous projetions quelque chose à deux et puis il se réfugie dans son truc… Est-ce qu'il va partir longtemps ? Il va m'abandonner, comme si je n'allais pas réagir, comme si j'allais accepter.

D'ailleurs je n'accepte pas. Je ne rentre pas dans son jeu. J'ai comme l'envie de le planter là derrière sa nouvelle de Letellier, de le laisser dans son jus. Mais quel hypocrite ! Dire que j'ai cru en lui…

Je m'en veux de ne pas avoir écouté son ex. Elle m'avait mise en garde… Les mecs, ils sont bien tous les mêmes.

Fais ch… Je n'ai rien de propre et de sec à me mettre.

Dialogue imaginaire

Groupe « Un temps pour soi ». Imaginer un dialogue à partir d'une scène de film

— Oh, patron, faut pas être défaitiste comme ça !

— Quoi, quoi, je te dis : tu peux y aller, je finirai tout seul. Qu'est-ce qu'il y a ?

— Je ne veux pas que tu penses que tu me laisses les coudées franches et que je profite de la situation.

— Mais quoi cette nana, elle a du charme, ouais, j'en conviens, mais elle ne m'intéresse pas. Sa façon de te regarder ! Ah, elle ne me dit rien.

— Tu dis ça, mais je vois bien que tu n'en penses pas un mot !

— Tu crois que je ne peux pas la draguer parce que c'est une employée de la boîte ?

— Oh là, qu'est-ce que tu vas chercher ?

— Arrête, je sais ce que tu penses. C'est pas la peine. Garde tes sermons !

— Bon, moi je la trouve attirante. J'aime bien son sourire et sa façon de t'aborder, de s'intéresser à toi.

— Vas-y, vas-y ! Je vois bien que tu en brules d'envie. Maintenant, fout moi la paix. J'ai d'autres emm…

Monologue

Groupe « Un temps pour soi ». Imaginer un monologue autour du film « The hours » de Virginia Wolf.

Ce garçon, il faut que je trouve une chute. Il l'a quitté comme ça sans lendemain ?

Non, elle trouve un moyen de le retenir. Un évènement en rapport avec ses histoires de famille, qui fait qu'elle a une emprise totale sur lui.

Oui, je tiens la fin du roman. Quelque chose d'horrible qui fait qu'il ne peut plus hésiter. Un viol ? Une sordide histoire d'héritage ? Elle a des droits sur ce domaine mais elle ne le sait pas tout de suite. Une découverte à l'impromptu, un document, une photo ? Elle reconnaît la scène avec son père…

- - - § - - -

Etat des choses

Groupe « Un temps pour soi ». Imaginer le journal de bord d'un objet.

Je dois vous dire que depuis tout ce temps, je m'aperçois que je ne suis pas considérée. On m'ignore alors que je fonctionne parfaitement depuis si longtemps. C'est un tort ! J'envie la stratégie de ma voisine du dessus. Un peu avant les vacances de ses hôtes, elle se met à chuinter, la nuit de préférence. Ça marche ! Un coup rageur sur le levier tente d'y remédier. Une fois, deux fois, pour qu'un jour un plombier s'affaire…

Je rêve d'être manipulée par les mains expertes d'un beau plombier. À mon tour, je me mets à chuinter, siffler. J'embarrasse.

Un jour, un coup de clé impétueux et me voilà remplacée. Je passe le mot à cette usurpatrice de basse condition, munie d'un simple flotteur. Quel déclassement ! Elle s'y essaye elle aussi, aussitôt remplacée par une aristocrate anglaise : flotteur vertical à vis sans fin, plongeur anti-remous, silence garanti à 35 dB. La Rolls du chiottard ! J'apprends au bout d'un mois, les vacances terminées, qu'elle fut congédiée comme nous toutes. Le rang de chasse d'eau pérenne, c'est la lutte des chasses ! Rien n'est jamais acquis.

Le prix de la liberté

Nouvelle autobiographique de 8000 caractères sur le thème de la passion.

Il y a dans le voyage à moto une réminiscence des vieilles chevauchées que la modernité, et ses lois cadastrales, a interdit. On trouve à peu de frais, assis sur la selle d'une bécane un écho lointain de ces ruées sauvages. Une fois qu'on a placé la moto sur sa béquille, on a beaucoup plus de chance de nouer une conversation avec les gens de rencontre. Il faut toujours mieux avoir l'air de sortir du vent que d'une automobile.

Sylvain Tesson

Six heures et demie, le réveil sonne et j'ai mal dormi. Je risque un pied hors de la couette pour tâter la température de la pièce. Brrr ! Il faut y aller.

Je me lève en sursaut, enfile ma robe de chambre à portée de main et me précipite pour mettre en route le chauffage. Café, tartines, radio embrumée. Pas encore les vraies nouvelles à cette heure. J'enfile ma panoplie, le collant sous le jeans et surtout les chaussures montantes toutes neuves dont je ne viendrai à bout qu'au prix de contorsions aidé d un solide chausse-pied en métal.

Je sors. Le sol est trempé. Il fait nuit noire. Je me dirige vers Lédenon et son circuit routier perché sur son oppidum. Il n'est accessible qu'en empruntant une route sinueuse, incroyablement défoncée. Tous les cent mètres, un dos-d'âne et un panneau de mise en garde : roulez lentement. Il y a des enfants. La rumeur raconte que les riverains entretiendraient les nids-de-poule, pour en accentuer le caractère infranchissable. Une stratégie efficace pour ralentir le flot des bolides à deux ou quatre roues, qui vont et viennent pour rugir là-haut.

J'ai, comme d'autres candidats stagiaires, une demi-heure d'avance. Round d'observation sur le parking, sans lier encore connaissance. Cette passion se féminise. Elles sont trois, dont une, très jeune. Elles papotent entre elles, sans doute pour évacuer le stress que laisse entrevoir l'affrontement avec ce monde de mecs. Philippe, la cinquantaine, garé à côté de moi, vient de Martigues. Il a pris un congé pour ce stage et fera la route tous les jours. D'autres, ont loué une maison à Marguerittes, juste à côté. Les grilles s'ouvrent enfin. Nous montons harnachés jusqu'à la cour où déjà, on s'affaire. Des motos sont poussées à la main et consciencieusement alignées. L'odeur prenante du carburant et du métal huilé ainsi que les premiers vroum rauques d'un autre groupe nous plongent dans ce monde de mécanique.

Philippe, notre moniteur, vient à notre rencontre. Le regard froid de ses yeux bleu lavé, le visage buriné, il nous explique lentement, d'une voix grave, la règle du jeu et ce qui nous attend pour ces trois jours d'initiation. « On ne quitte le terrain que lorsque la consigne est comprise et bien exécutée. C'est moi qui décide si votre progression est suffisante pour postuler à l'examen. » Nous nous présentons. Le prénom de la plus jeune, Ivanie, prononcé en cette heure matinale le surprend et le met sur ses gardes. « Rien que le nom… » A notre tour de nous saisir d'un guidon et d'extraire ces lourds engins du garage. Nous sommes gauches à la manœuvre. Les premiers heurts dans les tibias en témoignent. Une légère bruine nous envahit et persistera toute la journée sur le plateau de Lédenon. Mal assurés, nous enfourchons les bécanes. Rendez-vous sur la piste pour quelques tours de circuit afin de nous familiariser.

Dès les premiers tours, Philippe capte nos défauts et les substitue à nos prénoms : *Tes pieds en arrière Célia !* ou encore, *Bruno, ta main n'a rien à faire sur le frein ! Plus court le demi-tour !* deviendront : *main, pieds, déhanché.* A chacun son nouveau patronyme. Gare à celle ou à celui qui ne corrige pas sa position. Il hésite ainsi, entre laisser tomber notre jeune apprentie motarde ou lui asséner des remontrances. Elle sera son souffre-douleur. La moto pratiquée par les anciens semble être un milieu misogyne. Immanquablement les chutes arrivent. Imperturbable, il répète la consigne. La solidarité du groupe joue pour aider les malheureuses à redresser leur machine. Après plusieurs chutes, la confiance en prend un coup, d'autant que parfois, cela fait mal, comme un repose pieds planté dans le mollet, ou la cheville choquée par ce lourd carter anguleux…

Au retour, après plus de huit heures le cul sur la selle, je déroule mentalement cette première journée. Je reste confiant malgré tout en me rappelant ce qui m'a poussé, il y a quatre mois, à me mettre à la moto. Reviennent en mémoire le couvre-feu, l'interdiction de se déplacer pendant le confinement. S'y ajoute le discours culpabilisant des médias à propos des véhicules thermiques qu'il serait civique d'interdire pour le bien de la planète. Le plus tôt sera le mieux ! Que de surenchère dont l'effet est anxiogène, quoi qu'on en dise.

Cela a réveillé en moi ce besoin de liberté d'aller où bon me semble. L'antidote à cette camisole idéologique, l'écologie punitive, c'est la moto… comme pour d'autres, le camping-car. J'ai observé plus tard, une fois le permis en poche, combien ce sentiment était partagé, parfois un peu honteux d'en faire partie. Plus de mille motos rassemblées là sur la grand-place d'Anduze, ou encore, les passages incessants de hordes vêtues de cuir à l'assaut des routes et villages du Lubéron, chevauchant fièrement leurs montures rutilantes.

Le lendemain, nous sommes enveloppés dans le brouillard dont février est coutumier. Il atténue les invectives de Philippe et nous plonge dans une sorte de cocon protecteur. On ne perçoit que le poum, poum régulier et rassurant du moteur pendant cet apprentissage du lent. Les filles prennent leur revanche. Elles sont plus adroites que nous et évitent soigneusement les plots et les portes. Leurs sourires reviennent alors qu'elles prennent confiance. À midi, pendant la pause, les individualités s'expriment. La plus jeune a déjà acheté sa moto, comme Philippe de Martigues. En mon for intérieur, je pense que c'est une erreur et ce fait accompli ajoutera une pression sur leurs épaules lors de l'examen. Les jours suivants je déplore de ne pas progresser dans le parcours lent malgré des exécutions répétées, des heures durant, alors que les autres finissent par en venir à bout. Je me demande si ce n'est pas là un effet de l'âge en constatant que je suis de loin le plus vieux ? À 64 ans, le sens de l'équilibre est peut-être émoussé ? Vais-je devoir abandonner ? Je n'y crois plus vraiment.

L'évitement, une autre épreuve, en rebute plus d'un. Pour une bonne exécution, il ne doit s'appréhender que par réflexe, sans réfléchir. Peut-être parce qu'il nécessite de pousser un peu la moto et d'en ressentir pour la première fois l'accélération et la vitesse ? Pensez donc, à 50 km/h, ce n'est pas le bout du monde ! Sans se l'avouer, c'est peut-être le risque de chute qui inhibe ? Aussi, Franz, qui s'est adjoint à Philippe, tente de nous mettre en confiance. Tout en le suivant le long des lignes, il nous demande de lâcher le guidon. Puis, en poussant plus loin l'audace, il faut maintenant se redresser, debout sur les cale-pieds et tout lâcher en serrant « la bête » avec les genoux ! Si c'est dans le stage… et puis la fatigue aidant, on ne se pose plus la question si c'est dangereux ou non. C'est probant, nous y arrivons, la moto ne dévie pas d'un poil !

Les journées se succèdent. Déjà cinquante heures et parfois, la joie fugace nous est offerte de rouler sur de petites routes et d'avaler, en slalomant, les virages du pont Saint Nicolas depuis Uzès pour Nîmes. Le jour de l'examen est arrivé. Il fait beau. Nous sommes rassemblés sur le bord de la piste et observons avec appréhension et sans un mot les évolutions des autres candidats. Chaque plot heurté provoque un râle collectif, compatissant. Il, elle a échoué. Je prends conscience, que l'on soit jeune ou vieux, que cette mise à l'épreuve est la même pour chacun. Les jeunes sont plus stressés par l'enjeu. Il faut faire bonne figure devant les copains et copines qui sont déjà passés par là. Pour les anciens, c'est l'angoisse de pouvoir réussir avec de moindres capacités physiques, d'équilibre et de réflexes. Cette passion rapproche les générations pour les rassembler en cet instant précis de l'exercice et du verdict. L'examen, c'est le Graal et nous avons conscience que nous sommes égaux devant cet obstacle. Ce n'est pas parce qu'ils enfourchent une machine à deux roues et à « gros cubage » que les motards se saluent, mais plutôt pour leur appartenance à cette communauté des détenteurs du permis, si chèrement gagné. C'est aussi par solidarité et par la nécessité perpétuelle d'apprentissage du pilotage, l'entrée dans les virages qui, l'un après l'autre, se négocient comme au premier jour, la vigilance, face au danger invisible. Rien n'est jamais complètement acquis. Aussi l'escapade en groupe, source de joies, rassure. On partage les difficultés mais surtout les bonnes sensations loin des privations de liberté. Un antidote vous dis-je !

Haïkus

Groupe « Un temps pour soi ». Haïkus avec allitérations

Perpétuellement,

Père au cruel mental,

La paire des déments,

Saperlipopette,

Sans paraître et en goguette,

a perdu Laurette

- - - § - - -

Texte sans verbes

Groupe « Un temps pour soi ». Raconter une rencontre sans utiliser de verbes

Pas d'adresse, comme une intuition, cette station sûrement. Dans l'autobus, papier par terre. Numéro de téléphone, non. Un prénom, l'étage, le nom d'une rue. Fleurs, belle chemise, élégance, enfin le grand jeu. Dans l'entrée son parfum. Sur la boite aux lettres, son nom. Trop facile ! Présente ou absente ? Ascenseur, palier, pas de bruit ou plutôt une petite musique. Sonnette, porte ouverte, étonnement…puis, sourire soudain. Acquiescement, fauteuil, elle aussi. Histoires, rires. Comment ? Quelle idée ? Rencontre, approche, diversion culturelle. Tard, nuit noire dans la pluie. Drague. Pourquoi pas un baiser sur ses lèvres ?

- - - § - - -

Une belle absente autour du mot alimentation.

A : Un besoin urgent,

L : trois fois par jour,

I : pas forcément désagréable,

M : il provoque un désir culinaire,

E : bio, pourquoi pas ?

N : quelle recette, je me creuse la tête,

T : légume de saison, fromage ?

A : soupe, entremet, quoi rôtir ?

T : cela se mange sans faim

I : ce dessert, j'en abuse

0 : une liste à refaire

N : Pâtisserie, glace pour clore ce repas.

- - - § - - -

Le pouvoir des papillons

Nouvelle « presque » autobiographique de 8000 caractères sur le thème de la passion, que je dédie à Daniele Della Mattia.

À la sortie d'Alberobello, nous avançons avec hésitation dans la nuit noire pour rejoindre le gîte au nom mystérieux : Podere papilio. Les seules marques qui nous guident sur la route vicinale étroite et défoncée, ce sont des murets ininterrompus de part et d'autre, parfois entrecoupés de constructions rondes, coniques, abandonnées. La voiture cahote et nous mettons du temps à progresser. Y arriverons-nous ? Enfin, les phares illuminent un lourd portail. On distingue dans la tôle la découpe d'un étrange animal ailé. Une voix nous invite à l'ouvrir. Quel est le mystère de ce lieu ? À la sortie du parking, une allée de marches bordée de lavandes, éclairées par des bocaux de verre qui scintillent telles des lucioles, nous guide vers une placette entourée de belles bâtisses en pierre sèche. Daniele nous y attend. Les cheveux gris en bataille, les yeux noirs de geai, il ressemble à Pierre Arditi. Il a le menton moins anguleux que l'acteur. Son regard bienveillant inspire la bonté, comme sa voix douce. Il parle français sans accent. Il nous fait visiter la chambre. Plafond voûté, pierres apparentes, elle a été emménagée dans une ancienne étable. Un anneau de pierre se détache au milieu du mur. Était-ce pour y accrocher un licol ? Sans doute. Ce vestige a été laissé là soulignant l'authenticité du lieu. Des photos de papillons pris en gros plan ornent les murs de la chambre. Des papillons, il y en a partout : en guirlandes faites de figurines de terre cuite, brodés sur les rideaux … jusqu'au porte-savon. Un parti pris ? Une fois la lumière éteinte, le silence nous enveloppe. En prêtant l'oreille, seules les légères stridulations des grillons témoignent de la région méditerranéenne où nous faisons halte. Celle des Pouilles.

Le lendemain, sous la voûte en dôme d'un trullo magnifiquement restauré, nous découvrons la table dressée du petit-déjeuner et son festival de gourmandises faites maison. Les papillons nous enveloppent et semblent voleter autour de nous, s'échappent du lustre et se posent dans les niches creusées dans le mur, jusque sur la nappe, constellée à profusion de ces ailes multicolores. Daniele est un esthète du bon et du bien vivre en harmonie avec la nature. En témoignent le soin et le raffinement de tout ce qui s'offre à nous.

C'est au bout du deuxième jour que je me risque à le questionner pour en connaître un peu plus. D'où vient cette passion des papillons ? Daniele nous confie être originaire de Milan comme sa femme Liliana. Ancien journaliste photographe à la Repubblica, gamin, c'est avec ses camarades qu'il partageait cette passion commune : capturer et collectionner les papillons. Mais le « pouvoir » en quoi consiste-t-il ? Il commence une explication alors que Liliana lui donne un léger coup de coude. Je me risque alors à cette métaphore :

« Qu'est-ce qui vous passionne ? Est-ce la métamorphose de l'animal, à l'image de la vôtre, quittant le journalisme à Milan pour la retraite dans la région des trulli ? ».

Il acquiesce, exprimant par là que j'avais vu juste. Il me confirme qu'au printemps, son jardin est envahi de papillons. C'est en cette saison qu'il les a tous photographiés, au prix d'une infinie patience, pour les saisir au bon moment, sur la bonne fleur afin d'en souligner l'harmonie des couleurs.

Je ne comprends toujours pas ce qualificatif de « pouvoir ». Est-ce la possibilité de voleter en toute liberté ? Je l'imagine dans la salle de rédaction de la Républblica et au cours des missions pour lesquelles il a dû attendre des heures, des années durant, pour arracher Le cliché d'une vedette, d'une actualité. Rien à voir avec la patience infinie qu'il faut déployer pour saisir l'instant opportun d'un battement d'ailes.

Assis sur un muret alors que je caresse un chat gris qui se love au soleil, Daniele s'approche et prend place à côté de moi. Je sens qu'il veut me raconter quelque chose. Il a confiance en moi. Il se livre :

« Un phénomène curieux est apparu devant nous il y a quelques années, quand le trullo était en toute fin de restauration. C'était au printemps, en fin d'après-midi, une centaine de papillons se sont posés sur l'herbe, sans bouger, en formant un cercle. » Il se lève pour me montrer l'endroit.

Il se rappelle que, c'est le maçon qui avait remarqué du haut de son échafaudage leur ronde magnifique. Il est descendu silencieusement pour lui souffler à voix basse ce qu'il en savait.

« Chez nous dans les Pouilles, on a déjà observé ce phénomène, dans le Salento, au sud de Monopoli. Il y a un site archéologique, Egnazia je crois que ça s'appelle. Oui c'est bien Egnazia ajouta-t-il en se grattant la tête. »

Il avait lu un article dans La Gazzetta del Mezzogiorno. « Je l'avais parcouru aussi, poursuivit Daniele. On parlait d'un site gigantesque qui datait de l'âge de bronze. On y avait découvert des centaines de tombes messapiennes. Oui, les Messapiens étaient les habitants des Pouilles avant les Romains. Un archéologue avait raconté ce curieux phénomène : des rondes de papillons se formaient spontanément sur le sol, alors qu'il n'y avait pas forcément de fleurs à butiner. Après avoir observé plusieurs fois leurs rondes, il constata que les papillons se posaient exactement là où il y avait des sépultures.

Troublant, vous ne trouvez-pas ? me demande-t-il en se tournant vers moi. »

Daniele poursuivit cette étrange histoire :

« Le maçon était curieux. Il partit chercher une pelle et commença à creuser. Sa pelle heurta quelque chose. Il racla consciencieusement la terre accumulée sur une pierre plate, dégagea le reste avec ses mains. Je le regardais faire de loin, l'observant distraitement de temps en temps. Son regard se figea et tout en se redressant lentement, il me fit signe de la main : il y avait une inscription gravée sur la pierre. Je l'ai photographiée bien sûr. Puis je l'ai montrée à Liliana, qui d'abord surprise, fut prise de panique. »

Le maçon, lui, exultait, très fier de sa découverte. Il marchait de long en large, en se parlant à lui-même. « Fouilles, célébrité, fortune ! » Il se voyait déjà comme maître d'œuvre des excavations sous la conduite d'un grand archéologue.

Liliana reprit ses esprits et après avoir consulté internet elle me mit en garde :

« Il n'y a rien de bon pour nous dans cette découverte. Si c'est une tombe et que l'État l'apprend, il va préempter notre trullo et tout le terrain. C'est la loi ! »

Elle me suggéra d'aller chercher des plans de lavande, les plus gros que je puisse trouver et de les planter à l'emplacement de la pierre avant que la nuit tombe. Dès huit heures le lendemain, les journalistes de la Gazzetta tambourinaient au portail. Ils étaient là avec un camion équipé d'une énorme antenne, le genre de matériel que l'on utilise pour les grands reportages. Ils étaient au moins six. Ils nous harcelèrent, mais nous avons tenu bon !

Liliana avait eu la bonne intuition, en fait. Les journalistes et le maçon avaient beau dire, nous avons continué à nier de concert. On n'avait rien découvert chez nous ! À midi ils étaient partis. Nous avons mis fin au contrat avec ce maçon gênant, mais trop tard, la rumeur s'était répandue jusqu'à Noci et à Locorotondo. Des voitures de curieux s'arrêtaient souvent devant chez nous.

Un an après, j'ai croisé sur le chemin par hasard, l'ancien propriétaire qui nous avait vendu le terrain avec le trullo en ruine. C'était un homme déjà âgé. Il marchait difficilement et n'avait pas toute sa tête. Pourtant, il m'a reconnu et tout en me saluant, engagea la conversation sur la soi-disant sépulture :

« Y a jamais eu de tombe ici. Non, c'est pas une tombe, ça c'est sûr ! » Il avait cherché un long moment dans sa mémoire. Puis il avait prononcé de sa bouche édentée avec un grand sourire : « Papillons. Paradis des papillons. » Je lui ai tendu la main et comme si de rien n'était, il poursuivit sa promenade.

Voilà le secret de Podere Papilio, énonça Daniele en me dévisageant. Podere, ne veut pas dire *pouvoir* en italien mais littéralement : « ferme ». Pour moi, une sorte de paradis. »

- - - § - - -

Logo Rallye

Groupe « Un temps pour soi ». Raconter une histoire sur la base d'images et d'objets dans l'ordre où ils sont rangés. Je commence ici par les échecs.

Les échecs, un jeu qui pour gagner, demande d'appréhender le sacrifice. Ce n'est pas si courant ! Regardez ce couple blotti en E8, F8, dans ce coin imprenable de l'échiquier et considérez maintenant qu'un pion, oui un simple pion, les menace. Eh bien, la seule façon de sauver la mise, c'est que Madame se sacrifie. Les champions considèrent le sacrifice de la reine comme l'un des plus beaux coups des échecs.

La lionne, elle, est entièrement dévouée à sa progéniture. Le prédateur le plus dangereux, c'est le roi. Pour la lionne, aucun sacrifice n'est concevable. Elle déplace souvent ses lionceaux pour les mettre à l'abri, comme le pratique le joueur d'échecs avec ses pièces vulnérables.

En parlant de déplacement, élargissons notre horizon comme le font rituellement les pèlerins. Le Camino vers Saint Jacques est-il un refuge ? La quête de soi par la marche, l'échange avec l'autre pour se chercher, se rassurer, ne justifie-t-il pas de prolonger l'effort jusqu'à Fisterra ?

Parfois le regard de l'autre nous plonge dans un abîme. Que pense-t-elle ? Sans un mot, elle m'observe. Que veut-elle exprimer ? Ou simplement, veut-elle rester dans son monde intérieur sans qu'on l'interrompt ?

Oui, c'est ce que je pensais : elle aspire au silence. Juste un échange de regards qui en dit long. La moindre parole gâcherait tout. Nous nous toisons et prenons le temps de nous regarder. Le silence, comme la marche, inspire…

Je n'envie pas celui qui vient de s'échouer là après un si long périple. Comme Ulysse, il s'est perdu. Il a manqué Saint Jacques, ou personne n'en veut parce qu'il est plein d'amiante. Rongé par le sel, il attend sa destruction comme le criminel attend la mort, rongé par le remords.

- - - § - - -

Nouvelles et autres jeux d'écriture

Le sandwich, signe des temps ?

Nouvelle autobiographique de 5400 caractères que je dédie à Télérama

En ce printemps de privations, que de trésors d'imagination nous invitent à rompre la monotonie du confinement ! Rusidda, Mokoloco, Komorebi, Taka et

Vermo, tant de noms évocateurs d'exotisme. Hélas, nous ne pouvons plus voyager !

Vous n'y êtes pas. Tout se trouve à Paname, à quelques milliers de pas de votre domicile. Une revue hebdomadaire invite les parisiens à des marches gastronomiques alors que les restaurants, par la force des choses, font portes closes. L'encart culturel propose des sandwicheries insolites. Il fait beau. Voilà un excellent prétexte de longues promenades pour parcourir la capitale. Il suffit de trouver l'antipode de chez nous pour découvrir tranquillement les quartiers où nous ne nous rendons jamais. Le chroniqueur fait bien les choses, les adresses recommandées sont toutes situées à proximité d'un square, havre bienvenu pour s'asseoir, contempler et déguster.

Après la rue de Rome et ses luthiers, la rue Montmartre et son cimetière, s'ensuivent la rue Caulaincourt et son hôtel Art déco à la façade aveuglante de blancheur. Rue Marcadet, une boulangerie élabore des pains lourds et durs comme des briques. Nous y faisons provision de sandwichs et passons sous un porche pour nous rendre au square Serpolet. Belles façades, magnifiques catalpas et jeunes mamans … Ce cadre bon enfant nous encourage à poursuivre.

Mokoloco avec ses sandwichs au poulpe, rue de Charonne, sera notre prochaine découverte. On passera par l'Opéra. Quelle belle balade en perspective ! Après le marché aux fleurs et Notre Dame, nous voilà presque arrivés. La rue de Charonne sent le poisson. L'odeur va croissant au fur et à mesure que nous nous rapprochons du numéro 74. Y stationnent des scooters de livraison. Des jeunes en dress code de travail s'y retrouvent et discutent en attendant leur repas. Ce doit être une bonne adresse, tant il y a de monde. Sa devise : la maestria du casse-dalle !

Devant le pas-de-porte, un écran nous invite à passer commande. Entrée, plat, dessert et boisson. Jusque-là, on suit. Nous butons sur la sauce : menchikatsu, ou sauce à l'anchois, ou encore puntarelle au sumac ? De toute façon l'écran a buggé. Nous demandons à pouvoir entrer pour commander et surveiller l'élaboration de notre pitance. Notre statut de retraité, donc de vieux, est un viatique pour pénétrer dans l'antre où tout s'élabore.

Cela se résume en une « tranchette » de la taille d'une biscotte, sur laquelle notre cordon-bleu s'affaire. Avec virtuosité, il assemble, malaxe et y dispose une boule faite d'un mélange de lanières de poulpe et de légumes frits, copieusement arrosé de sauce. Un couvercle de pain, façon bikini tâchant de couvrir une poitrine des plus plantureuses, vient obturer notre sandwich et pour tenter de maintenir l'ensemble, un cure-dent transperce la savante composition. On appelle ça un « bun ». Le papier siglé Mokoloco, et l'écrin d'une belle boîte en carton complètent l'élaboration, soigneusement rangée dans un sac à déjeuner. Nous sollicitons par précaution quelques serviettes en papier. Le square Marcel Rajman est à deux pas, le ciel est bleu, nous savourons à l'avance le plaisir de pique-niquer dans Paris et de se mettre sous la dent, quelque chose de si original ! Là-bas, un banc libre nous attend au soleil. Je chasse les pigeons qui y font leur ronde en quête de nourriture. La faim nous tenaille, vient le déballage. Ouverture de la boîte et là commence l'audace, soit l'épluchage précautionneux du sandwich rebondi en retirant le papier détrempé de sauce. Voilà qu'un morceau de poulpe blanchi au menchikatsu s'échoue sur le manteau bleu roi d'Isabelle, façon iceberg. Du sac à main, elle extrait promptement un mouchoir humecté avec son quart Perrier, pour effacer l'affront. Quant à moi, je me penche en avant puis m'écartèle la mâchoire pour mordre avidement et d'un seul coup, la masse spongieuse emprisonnée entre les biscottes. Il ne faut pas lésiner me dis-je et j'en attrape une bonne quantité. Je ne suis pas le seul à y goûter, une dizaine de pigeons se pourlèchent déjà à mes pieds de ce que j'ai laissé échapper. Isabelle me taquine les côtes avec sa réserve de mouchoirs. Lorsque je lâche prise, elle me décrit le tableau de ma frimousse enduite de menchikatsu, du bout du nez jusqu'au menton.

On prend ça à la rigolade. C'est une gageure d'engloutir ce sandwich sans dommage collatéral ! Après avoir épuisé nos réserves d'essuie-mains et nos quarts Perrier sans en avoir bu une goutte, nous percevons des rires depuis le banc d'en face. Une compagnie de jeunes habitués, bien habillés, nous observe depuis un moment. Ils sont aux premières loges pour apprécier la scène et se gausser de notre gaucherie, sans penser à mal pour autant. Sans doute, sont-ils tous passés par ce rite d'initiation ! À leur tour ils extraient leurs mokolocos, déploient avec témérité le maudit papier et mordent à belle dent la friandise spongieuse au-dessus de leurs chemises sans qu'elles s'en inquiètent. Je suis là, le nez dégoulinant, en tentant de comprendre le geste opératoire qui permet d'éviter le désastre. À la ronde, force est de constater que tous ces jeunes s'en tirent sans dommage !

Non sans reconnaître l'originalité de ces trouvailles, le courrier des lecteurs de la revue qui avait promu ces balades gastronomiques, n'en faisait pas moins état de notes dispendieuses de blanchisserie… Le sandwich, qui aurait pu en douter, est bien un marqueur de générations.

- - - § - - -

Nouvelles et autres jeux d'écriture

Table des matières

Haïku argentin	*3*
Conseils pour écrire	*7*
Exercices de style	*10*
Le mur en pierre sèche (nouvelle)	*17*
Poème	*22*
Acajou	*23*
Contrepèteries mêlées	*24*
Monologue intérieur	*25*
Etat des choses	*29*
Le prix de la liberté (nouvelle)	*31*
Haïkus	*38*
Texte sans verbes	*39*
Une belle absente	*40*
Le pouvoir des papillons (nouvelle)	*41*
Logo rallye	*47*
Le sandwich, signe des temps (nouvelle)	*49*

Nouvelles et autres jeux d'écriture

Déjà parus

Nouvelles et Oulipo

Fragments et patouilles d'images et de mots

BoD – ISBN 978 232 227 3171

Oulipo et nouvelles brèves

Macédoine d'images oniriques et de poésies

BoD – ISBN 978 232 218 1773